AF451553

1886 Mars 25

TABLEAUX

PAR

GUSTAVE COLIN

Vente du Jeudi 25 Mars 1886

A 3 HEURES 1/2 PRÉCISES

HOTEL DROUOT, SALLE N° 8

EXPOSITIONS

PARTICULIÈRE	PUBLIQUE
Mercredi 24 Mars 1886	**Jeudi 25 Mars 1886**
DE 1 HEURE A 5 HEURES	DE MIDI A 3 HEURES

COMMISSAIRE-PRISEUR	EXPERT
M⁰ Léon TUAL	M. P. DÉTRIMONT
56, rue de la Victoire.	27, rue Laffitte.

TABLEAUX

PAR

Gustave Colin

PARIS. — IMPRIMERIE DE L'ART

E. MÉNARD ET J. AUGRY, 41, RUE DE LA VICTOIRE

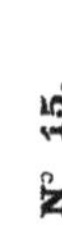

N° 15.

CATALOGUE

DES

TABLEAUX

PEINTS PAR

Gustave Colin

DONT LA VENTE AURA LIEU

HOTEL DROUOT, SALLE N° 8

Le Jeudi 25 Mars 1886

A 3 HEURES 1/2 PRÉCISES

EXPOSITIONS

PARTICULIÈRE	PUBLIQUE
Le Mercredi 24 Mars 1886	*Le Jeudi 25 Mars 1886*
DE 1 HEURE A 5 HEURES	DE MIDI A 3 HEURES

COMMISSAIRE-PRISEUR	EXPERT
Mᵉ Léon **TUAL**	M. P. **DÉTRIMONT**
56, rue de la Victoire.	27, rue Laffitte.

Chez lesquels se distribue le présent Catalogue.

CONDITIONS DE LA VENTE

Elle se fera au comptant.

Les adjudicataires paieront *cinq pour cent* en sus des en-
chères, applicables aux frais.

Paris. — Imprimerie E. Ménard et J. Augry, 4L, rue de la Victoire.

DÉSIGNATION

1 — *La Fontaine des lauriers-roses.*

Six heures du matin en été ; frontières d'Espagne.

Haut., 1 mètre ; larg., 81 cent.

2 — *Ferme sous les chênes, aux environs de Saint-Jean-de-Luz.*

Novembre ; matin.

Haut., 97 cent.; larg., 1 m. 32 cent.

3 — *Une Villa aux environs de Biarritz.*

Automne ; vent du sud.

Haut., 81 cent.; larg., 65 cent.

4 — *Le Pèlerinage de Lezo (Guipuscoa).*

Chaque année, le 14 septembre, les pèlerins accourent en foule de *Navarre*, de *Biscaye*, de *Guipuscoa*, pour faire leurs dévotions à la chapelle miraculeuse.

Haut.. 1 mètre ; larg., 81 cent.

5 — *Bateaux biscayens mouillés dans l'arrière-port de Pasages (Guipuscoa).*

Après l'orage ; soir d'août.

Haut., 44 cent.; larg., 60 cent.

6 — *La Sortie de la grand'messe à Ciboure (Basses-Pyrénées).*

Haut., 81 cent.; larg., 1 m. 10 cent.

7 — *La Rade de Pasages à la pleine mer.*

Cinq heures du matin, en été.

Haut., 65 cent.; larg., 93 cent.

8 — *Le Soir de la tempête.*

Une traînière (embarcation du golfe de Gascogne) recueille un naufragé au risque de se perdre. Au fond, un navire échoué achève de se briser contre les rochers.

Haut., 96 cent.; larg., 1 m. 31 cent.

9 — *Le Plateau de Bordagain aux environs de Ciboure.*

Après-midi en septembre.

Haut., 53 cent.; larg., 72 cent.

10 — *Course de novillos à Fontarabie le jour de Notre-Dame de Guadalupe.*

Des amateurs du pays jouant le rôle de *torero*, excitent un jeune taureau (*novillo*) et luttent d'adresse avec lui. La population prend un grand plaisir à ces jeux et s'y rend en foule.

Haut., 1 m. 17 cent.; larg., 1 m. 5o cent.

11 — *La Route de Gavarnie, au Pas-de-l'Échelle, près de Saint-Sauveur (Hautes-Pyrénées).*

Au centre du tableau, le pic *Lithonès*. ; à droite, les premières neiges du pic granitique d'*Aubiste*.

Haut., 65 cent.; larg., 54 cent.

12 — *Les Vieux Chénes de Belcheneia à Urrugne, près Saint-Jean-de-Luz.*

Septembre ; temps de nord-est ; matin.

Haut., 1 m. 32 cent.; larg., 97 cent

13 — *Les Feuilles mortes.*

Paysage de décembre.

Haut., 81 cent.; larg., 60 cent.

14 — *Le Village de Ciboure vu des hauteurs de Bordagain.*

Au fond, on voit la chaîne des Basses-Pyrénées, de la Rhune à Saint-Jean-Pied-de-Port. A gauche, la rivière de la Nivelle.

Haut., 81 cent.: larg., 1 m. 11 cent.

15 — *Jeunes Filles à leur toilette*.

Haut., 1 m. 7 cent.; larg.. 1 m. 35 cent.

16 — *Le Pont d'Enfer dans la gorge de Bastan*.

Chemin muletier de *Bidarray* à *Eliƶondo* (Navarre).

Haut., 57 cent.; larg., 44 cent.

17 — *La Mer*.

Vent d'ouest.

Haut., 27 cent.; larg., 40 cent.

18 — *Marchandes de sardines de Fontarabie, en marche, à la Croix-du-Bouquet.*

Route de Behobie à Saint-Jean-de-Luz.

Haut., 85 cent.; larg., 1 m. 10 cent.

19 — *Un Quartier de bohémiens dans le pays basque.*

Soir après l'orage.

Haut., 1 mètre; larg., 81 cent.

20 — *Paysage dans les Pyrénées.*

Au mamelon Vert (Cauteretz).

Haut., 32 cent.; long., 40 cent.

21 — *Après le travail.*

Pays basque.

Haut., 1 mètre; larg., 81 cent.

22 — *Les Premiers Plateaux du mont Sinistre (haute chaîne de la vallée de Latour dans les Hautes-Pyrénées).*

Haut., 31 cent.; larg., 45 cent. 1/2.

23 — *Pasages.*

Soir d'été.

Haut., 65 cent.; larg., 93 cent.